Como hacerse parte del rodeo

CÓMO HACERSE PARTE DEL RODEO

RODEO

Tex McLeese
Versión en español de Argentina Palacios

The Rourke Press, Inc.
Vero Beach, Florida 32964

FOTOS:
© Dennis K. Clark: portada, páginas 4, 7, 8, 10, 12, 13, 17, 18; © Texas Department of Tourism: carátula; © Texas Highway Magazine: páginas 15, 21

SERVICIOS EDITORIALES:
Pamela Schroeder

Library of Congress Cataloging-in-Publication Data

McLeese, Tex, 1950-
   [Joining the rodeo. Spanish]
   Como hacerse parte del rodeo / Tex McLeese ; versión en español de Argentina Palacios.
     p. cm. — (Rodeo)
   Includes index.
   ISBN 1-57103-383-1
   1. Rodeos—Juvenile literature. [1. Rodeos. 2. Spanish language materials.] I. Title.

GV1834 .M3918 2001
791.8'4—dc21

                                             00-041537

Impreso en los Estados Unidos

ÍNDICE

¿QUIERES HACERTE PARTE DEL RODEO?

A muchos niños y niñas les encanta jugar a los vaqueros y las vaqueras. Para algunos, la pasión es tanta que quieren hacerse parte del **rodeo.** El rodeo es un deporte que emplea habilidades de monta y **enlace** que necesitaban los vaqueros verdaderos del Viejo Oeste. Este libro se dedica a los diferentes niveles de rodeo. Existen eventos para niños de cinco años y rodeos para adultos, donde los campeones pueden ganar miles de dólares. ¡En el rodeo se puede jugar a los vaqueros toda la vida!

Con el mejor vestuario de rodeo.

En el pasado, el rodeo era popular en los lugares donde había muchos rancheros. Hoy en día, los rodeos se presentan por todo el país. El deporte tiene aficionados a lo largo y ancho de los Estados Unidos y Canadá. Aunque el vaquero del Viejo Oeste prácticamente ya no existe, en nuestros tiempos el rodeo es mucho más popular que nunca.

Es un peligro común que el caballo tumbe al vaquero.

DOMADORES DE BORREGOS O CARNEROS

La monta de toros y el enlace de becerros o terneros son muy peligrosos para los vaqueros más jóvenes. Los niños hasta de cinco años casi siempre empiezan con la monta de borrego o carnero. Como en la monta de bronco con silla o **a pelo,** el animal y el vaquero salen por una **canaleta.** Cuando se abre el portón de la canaleta, el jinete trata de mantenerse sobre el borrego o carnero lo más posible. Esto se llama **doma de borrego o carnero,** como la **doma de bronco** del rodeo verdadero.

Hay que aprender a distinguir las sogas.

CALZONES PEQUEÑOS

En Estados Unidos, después de la doma de **borrego o carnero,** existen rodeos para niños de 8 a 18 años, organizados por la National Little Britches Rodeo Association. Hay eventos tanto para niños como para niñas. El Junior Rodeo también organiza rodeos para chicos de la misma edad. En estos rodeos, los niños compiten en enlace de becerros o terneros, monta a pelo y otros eventos.

En el rodeo se practica a edad temprana.

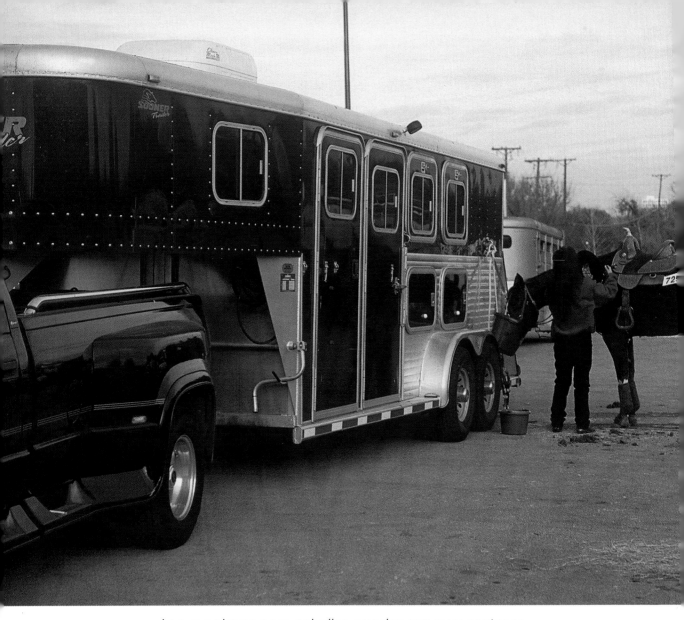

Los remolques para caballos pueden ser muy costosos.

La carga del novillo es otra tarea difícil.

RODEO EN ESCUELA SUPERIOR

Ciertas escuelas superiores o secundarias tienen programas de rodeo lo mismo que de fútbol o básquetbol. La National High School Rodeo Association tiene finales de rodeo de escuela superior en julio todos los años. Los competidores son los mejores jinetes de 14 a 18 años provenientes de Estados Unidos y Canadá. Los enlazadores de becerros o terneros y las **corredoras de barriles** tienen sus propios caballos. Esto puede costar miles de dólares. Es más barato competir en eventos **tempestuosos** como monta de toro o monta a pelo, para lo cual el rodeo proporciona el animal.

El jinete de rodeo cuida su silla.

RODEO EN UNIVERSIDAD

En los primeros días del rodeo, muy pocos vaqueros estudiaban en la universidad. Hoy en día, muchos competidores de rodeo son estudiantes universitarios. La National Intercollegiate Rodeo Association es la asociación que organiza las finales de rodeo de universidad (College National Finals Rodeo) en junio todos los años. Los mejores jinetes de rodeo reciben "becas" que les ayudan a pagar los gastos universitarios, lo mismo que sucede con los mejores jugadores de fútbol o básquetbol.

Los caballos requieren herraduras.

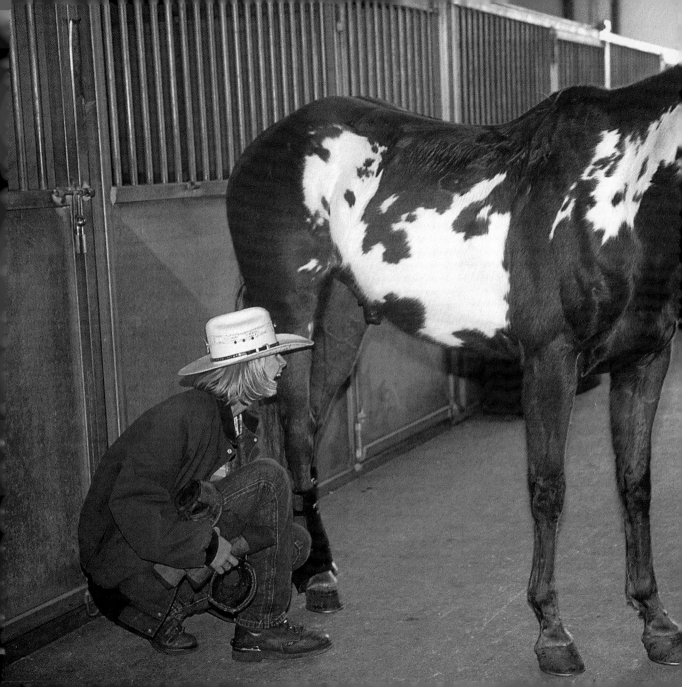

ESCUELAS DE CAPACITACIÓN

Muchos de los que quieren montar en rodeos al terminar la escuela superior o la universidad asisten a escuelas de capacitación para rodeo. A estas escuelas asisten algunos principiantes, pero otros estudiantes son ya lo suficientemente diestros para el rodeo profesional y lo que quieren es perfeccionarse. Los cursos tienen una duración de uno a cuatro días y en ellos se cubren todos los aspectos, desde los aparejos hasta el entrenamiento de los caballos hasta la práctica para los eventos.

HACERSE PROFESIONAL

Un jinete **profesional** de rodeo recibe dinero como premio por ganar un evento. ¡Para muchos profesionales, el rodeo es su único trabajo! Muchos estudiantes de escuela superior y de universidad aspiran a ser profesionales, pero sólo los mejores pueden vivir de tal ocupación. Los jinetes de rodeo requieren muchísima destreza y pueden enfrentar un peligro grandísimo. Quienes permanecen en el rodeo se afilian a la Professional Rodeo Cowboys Association. Esta asociación de vaqueros profesionales de rodeo presenta las finales nacionales de rodeo en diciembre en Las Vegas.

Hombre contra bestia.

LA VIDA EN EL RODEO

Uno tiene que adorar el rodeo para dedicarle la vida. Los jinetes de rodeo no ganan tanto como los beisbolistas o basquetbolistas profesionales. Sin embargo, este deporte, el rodeo, es mucho más peligroso. Cada vez que alguien trata de montar un toro que corcovea o luchar con un novillo, sabe perfectamente bien que puede lesionarse. Y aún así, los vaqueros de rodeo no cambiarían por nada del mundo. El peligro es parte de la emoción. La libertad de que disfrutan es parte del riesgo. ¡Pueden jugar a los vaqueros hasta que quieran!

GLOSARIO

a pelo — montar sin silla

borrego o carnero— carne de un borrego, oveja, o
carnero adulto

canaleta — el lugar donde empiezan los eventos de monta

doma de borrego o carnero — un evento similar a los de un
rodeo en que los niños montan carneros o borregos

domar broncos — amansar caballos cimarrones o cerriles

enlazar — atrapar a un animal con una soga

rodeo — un deporte de eventos de enlazar y montar, las mismas
habilidades que tenían que tener los vaqueros en el Viejo Oeste

tempestuosos — unos de los eventos muy peligrosos de un
rodeo que se juzgan por el estilo y no por la velocidad

ÍNDICE ALFABÉTICO

OBSOLETE